La surprise de Nicolas!

Texte de Gilles Tibo   Illustrations de Bruno St-Aubin

Éditions
SCHOLASTIC

Catalogage avant publication de Bibliothèque et Archives Canada

Tibo, Gilles, 1951-

La surprise de Nicolas! / Gilles Tibo ; illustrations de Bruno St-Aubin. Pour les 4-7 ans.

ISBN 978-1-4431-0380-0

I. St-Aubin, Bruno II. Titre.

PS8589.I26S87 2010   jC843'.54   C2010-904923-3

Édition publiée par les Éditions Scholastic, 604, rue King Ouest, Toronto (Ontario) M5V 1E1

5 4 3 2 1   Imprimé au Canada 119   10 11 12 13 14

Les illustrations de ce livre ont été faites à l'aquarelle sur papier Arches.
Le texte est composé avec la police de caractères Boracho Regular.

© **Sources Mixtes**
Groupe de produits issu de forêts
bien gérées, de sources contrôlées
et de bois ou fibres recyclés.
www.fsc.org Cert no. SGS-COC-003098
© 1996 Forest Stewardship Council
FSC

À la belle Zia
et sa maman Eveline

Gilles Tibo

À Manuel

Bruno St-Aubin

Aujourd'hui, c'est l'anniversaire de mon amie Laurence. Sur une feuille, je fais la liste de tous les cadeaux que je veux lui donner : Un beau vélo! Une jolie robe! Un ballon! Un avion! Une maison!

Je vide le fond de mes poches. J'ouvre ma tirelire.
Je cherche dans mes tiroirs et je ne trouve, en tout,
que deux dollars et vingt-cinq sous.

Jamais, jamais je ne pourrai lui acheter un vélo,
une robe, un ballon, un avion, une maison!

Je décide d'emprunter de l'argent à mes parents. Le sourire aux lèvres, ma sœur me lance une pièce de dix sous. Sans même relever la tête, mon père me donne deux dollars. Après avoir fouillé dans son porte-monnaie, ma mère m'en donne autant. Mais qu'est-ce que je peux acheter avec six dollars et trente-cinq sous? Rien! Absolument rien!

Complètement découragé, je m'enferme dans ma chambre...
Je réfléchis en tournant autour de ma chaise...

Je réfléchis en regardant par la fenêtre...
Je réfléchis en fixant le plafond...
Et soudainement, il me vient une merveilleuse idée!

Je m'empare de mes crayons et de mes pinceaux, et je commence à créer une œuvre d'art, un chef-d'œuvre que je vais donner à mon amie Laurence ! Sur une grande feuille, j'étends beaucoup de rouge parce qu'elle aime le rouge... et beaucoup, beaucoup de bleu parce qu'elle aime le bleu...

et beaucoup, beaucoup, beaucoup
de jaune parce qu'elle aime le jaune.

Après dix minutes, mes vêtements sont tout barbouillés. Les murs de ma chambre dégoulinent de couleurs. Le plancher est couvert de taches et mon chef-d'œuvre ressemble à une véritable catastrophe.

Jamais, jamais, jamais je ne lui donnerai ce barbouillage en cadeau. Heureusement, il me vient une autre idée.

Je vais voir ma mère. Je lui demande de m'aider à faire un gâteau d'anniversaire pour Laurence. Ma gentille maman dépose tous les ingrédients sur la table. Dans un grand bol, je mélange joyeusement la farine, le sucre, le lait, puis j'ajoute plein de bonnes choses pour que le gâteau soit le meilleur au monde.

Après vingt minutes, la cuisine ressemble à un champ de bataille. Il y a de la farine jusque dans le fond du grille-pain. De la pâte dégouline du plafond, et ma mère m'oblige à faire le grand ménage...

Heureusement, pendant que je frotte,
lave et astique, il me vient une autre idée
de cadeau pour mon amie Laurence.

Je me précipite dans l'atelier de mon père. Armé d'un marteau, d'un tournevis, d'une scie et de planches de toutes tailles, je décide de faire une magnifique bibliothèque pour que Laurence puisse y ranger ses livres.

Mais **BANG! BANG! BANG!** *Je me donne*
des coups de marteau sur les doigts. **OUTCH!**

Je m'érafle les genoux avec le tournevis.
OUTCH! OUTCH!

Je m'égratigne la main avec la scie.
OUTCH! OUTCH! OUTCH!

23

Ma sœur se moque de moi. Mon père me gronde. Ma mère aussi. Pendant qu'ils me couvrent de pansements et de sparadraps, moi, je réfléchis et je trouve enfin une super bonne idée de cadeau pour Laurence.

Je m'élance dans le hangar. Avec toutes sortes de choses en bois, en métal et en caoutchouc, je commence à construire un engin très spécial. Après une heure, je crie victoire! J'ai devant moi le plus beau véhicule du monde! Laurence sera folle de joie!

27

Pour faire un essai, je monte sur l'engin. J'agrippe
le volant, mais, au premier coup de pédale, mon véhicule
se démantibule. BLING! BLANG! BLONG!
Je me retrouve par terre. Je m'érafle les coudes
et je me tords une cheville. AOUTCH! AOUTCH!

29

Couvert de peinture, de pansements, de compresses et de sparadraps, je quitte finalement la maison. Tout penaud, à l'aide d'une béquille, je me rends chez Laurence. En me voyant, elle s'écrie :

— WOW! Nicolas! Ton déguisement est le plus original de tous!

Comme je n'ai apporté aucun cadeau, je m'approche d'elle et l'embrasse en murmurant :
— Voilà! SMACK! C'est mon cadeau d'anniversaire!

Laurence rougit de la tête aux pieds...

... puis, elle me murmure à l'oreille :
– Nicolas... C'est la plus belle des surprises!